새로운 길

윤동주 시

박서영 글씨

시그널 그림

arte

1. 별이 바람에 스치운다

2. 시대처럼 올 아침

3. 오래 마음 깊은 속에

별을 사랑한 시인 동주의 마음으로

저에게 윤동주 시인은 청춘의 한 획과도 같은 존재입니다. 문과대 앞 울창한 숲속에 자리한 윤동주 시비를 지나며 낭만의 꿈을 키웠습니다. 윤동주 시인은 책을 읽거나 글을 쓰다가도 자주 산책을 즐겼다고 합니다. 그의 사색과 숨결을 같은 공간에서 느끼며 학창 시절을 보내는 것만으로도 충분히 아름다운 생활이라 느꼈습니다. 지금도 그때를 생각하면 힘이 납니다.

2017년 윤동주 탄생 100주년을 맞아 그의 시를 천천히 다시 새겨보고 싶었습니다. 청년 윤동주의 마음으로……. 그 와중에 시인의 순수를 닮은 청년 예술가 모임인 시그널의 그림 작가들을 만나게 되었고, 윤동주의 삶을 담은 영화를 보고 책을 보고 그의 시를 읽으면서 청년 작가들과 함께 공부하기 시작했습니다.

이 청년들은 경계 없는 예술을 그림으로 구현하고 있었습니다. 현실과 부딪치며 나눔이라는 가치를 실행하는 작가와, 자기만의 눈높이로 세상과 소통하는 서번트 신드롬 작가도 있고, 호기심과 상상력을 이야기하며 그림을 공부하는 대학교 새내기 작가, 이들과 함께하는 선생님들도 있습니다.

시간이 쌓이며 윤동주 시인의 단단하고도 무결한 세계를 이해하기 시작할 즈음 한 점씩 시인의 시를 닮은 그림들이 완성되었습니다. 가을에는 파주의 공원에서 시와 그림을 걸어두고 전시도 두어 차례 가졌습니다. 전시장 앞에서 재잘대는 아이들과 그림도 그리고 엽서도 나누면서 그의 100주년을 기념했지요.

아이들도 시인의 시를 좋아했습니다. 그가 대학 입학 이전에 썼던 시는 대부분 동시였지요. 이 책에도 그의 따스하고 소박한 마음이 드러난 동시들을 많이 담으려고 했습니다. 그가 전하는 순수함이 피로한 현실 속에서도 마음을 다잡고 새로운 길을 가려는 청년에게 희망을 전해주고 있습니다.

일제의 탄압과 시련 속에서도 내면을 성찰했던 그의 시를 다시 읽고 고쳐 읽습니다. 그 속에서 무한을 꿈꾸고 노래했던 시인의 마음을 오래도록, 자꾸만, 들여다보고 싶었기 때문입니다. 부디 하늘과 바람과 별을 사랑하는 시인과 그를 사랑하는 많은 이들에게 정성을 담은 이 글씨와 그림이 선물이 되기를 바라는 마음입니다.

2018년 봄의 앞자락에서,

박서영

1.
별이 바람에 스치운다

새로운 길

내를 건너서 숲으로
고개를 넘어서 마을로
어제도 가고 오늘도 갈
나의 길 새로운 길
민들레가 피고 까치가
날고 아가씨가 지나고
바람이 일고 나의 길은
언제나 새로운 길
오늘도… 내일도…
내를 건너서 숲으로
고개를 넘어서 마을로

별 헤는 밤

계절이 지나가는 하늘에는
가을로 가득차 있습니다.

나는 아무 걱정도 없이
가을속의 별들을 다 헤일듯 합니다.

가슴속에 하나 둘 새겨지는 별을
이제 다 못헤는 것은
쉬이 아침이 오는 까닭이요,
내일 밤이 남은 까닭이요,
아직 나의 청춘이 다하지 않은 까닭입니다.

별 하나에 추억과
별 하나에 사랑과
별 하나에 쓸쓸함과
별 하나에 동경과
별 하나에 시와
별 하나에 어머니, 어머니.

어머님, 나는 별 하나에 아름다운 말 한마디씩 불러 봅니다. 소학교 때 책상을 같이 했던 아이들의 이름과, 패, 경, 옥 이런 이국 소녀들의 이름과, 벌써 애기 어머니 된 계집애들의 이름과, 가난한 이웃 사람들의 이름과, 비둘기, 강아지, 토끼, 노새, 노루, 프랜시스 잼, 라이너 마리아 릴케 이런 시인의 이름을 불러 봅니다.

이네들은 너무나 멀리 있습니다.
별이 아슬히 멀듯이,

어머님,
그리고 당신은 멀리 북간도에 계십니다.

나는 무엇인지 그리워
이 많은 별빛이 내린 언덕 위에
내 이름자를 써 보고
흙으로 덮어 버리었습니다.

딴은 밤을 새워 우는 벌레는
부끄러운 이름을 슬퍼하는 까닭입니다.

그러나 겨울이 지나고 나의 별에도 봄이 오면
무덤 위에 파란 잔디가 피어나듯이
내 이름자 묻힌 언덕 위에도
자랑처럼 풀이 무성할 게외다.

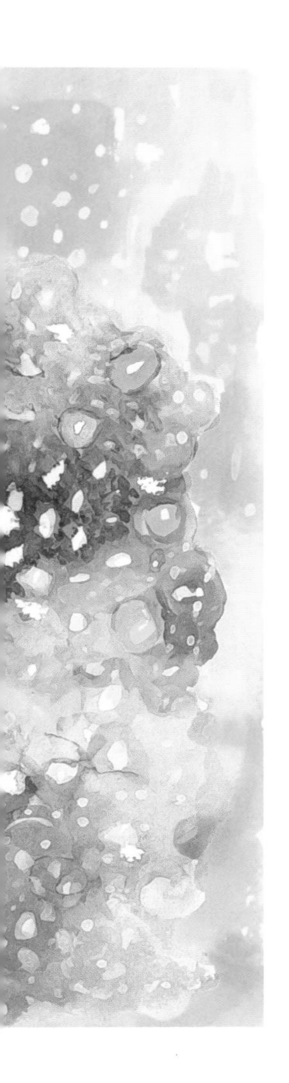

개

눈 위에서
개가
꽃을 그리며 뛰오

사랑스런 추억

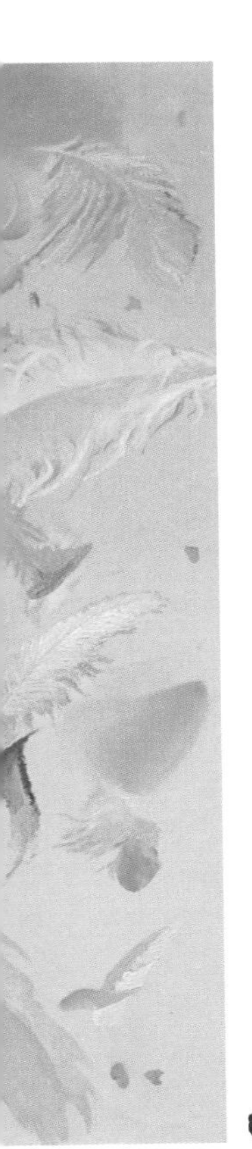

봄이 오던 아침,
서울 어느 쪼그만 정거장에서
희망과 사랑처럼 기차를 기다려,
나는 플랫폼에 간신한 그림자를
떨어뜨리고 담배를 피웠다.
내 그림자는 담배 연기 그림자를 날리고
비둘기 한 떼가 부끄러울 것도 없이
나래 속을 속, 속, 햇빛에 비춰, 날았다.
기차는 아무 새로운 소식도 없이
나를 멀리 실어다 주어,
봄은 다 가고 ― 동경 교외 어느 조용한
하숙방에서, 옛 거리에 남은 나를
희망과 사랑처럼 그리워한다.
오늘도 기차는 몇 번이나
무의미하게 지나가고,
오늘도 나는 누구를 기다려 정거장
가차운 언덕에서 서성거릴 게다.
아아 젊음은 오래 거기 남아 있거라.

닭은 날개가 커도
왜, 날잖아요

아마, 두엄 파기에
홀, 잊었나 봐

자화상

산모퉁이를 돌아 논가 외딴 우물을 홀로 찾아가선
가만히 들여다봅니다
우물 속에는 달이 밝고 구름이 흐르고 하늘이 펼치고
파아란 바람이 불고 가을이 있습니다
그리고 한 사나이가 있습니다
어쩐지 그 사나이가 미워져 돌아갑니다
돌아가다 생각하니 그 사나이가 가엾어집니다
도로 가 들여다보니 사나이는 그대로 있습니다
다시 그 사나이가 미워져 돌아갑니다
돌아가다 생각하니 그 사나이가 그리워집니다
우물 속에는 달이 밝고 구름이 흐르고 하늘이 펼치고
파아란 바람이 불고 가을이 있고 추억처럼
사나이가 있습니다

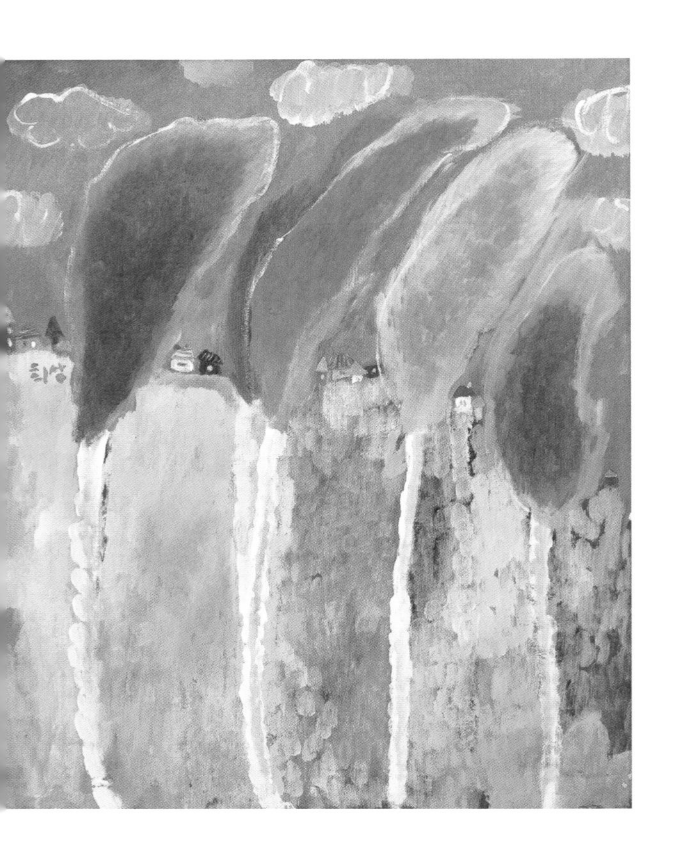
희상

나무

나무가 춤을 추면
바람이 불고
나무가 잠잠하면
바람도 자오

남쪽 하늘

제비는 두 나래를 가지었다
시산한 가을날—
어머니의 젖가슴이 그리운
서리 내리는 저녁—
어린 靈은 쪽나래의 향수를 타고
남쪽 하늘에 떠돌 뿐

달같이

연륜이 자라듯이
달이 자라는 고요한 밤에
달같이 외로운 사랑이
가슴 하나 뻐근히
연륜처럼 피어 나간다

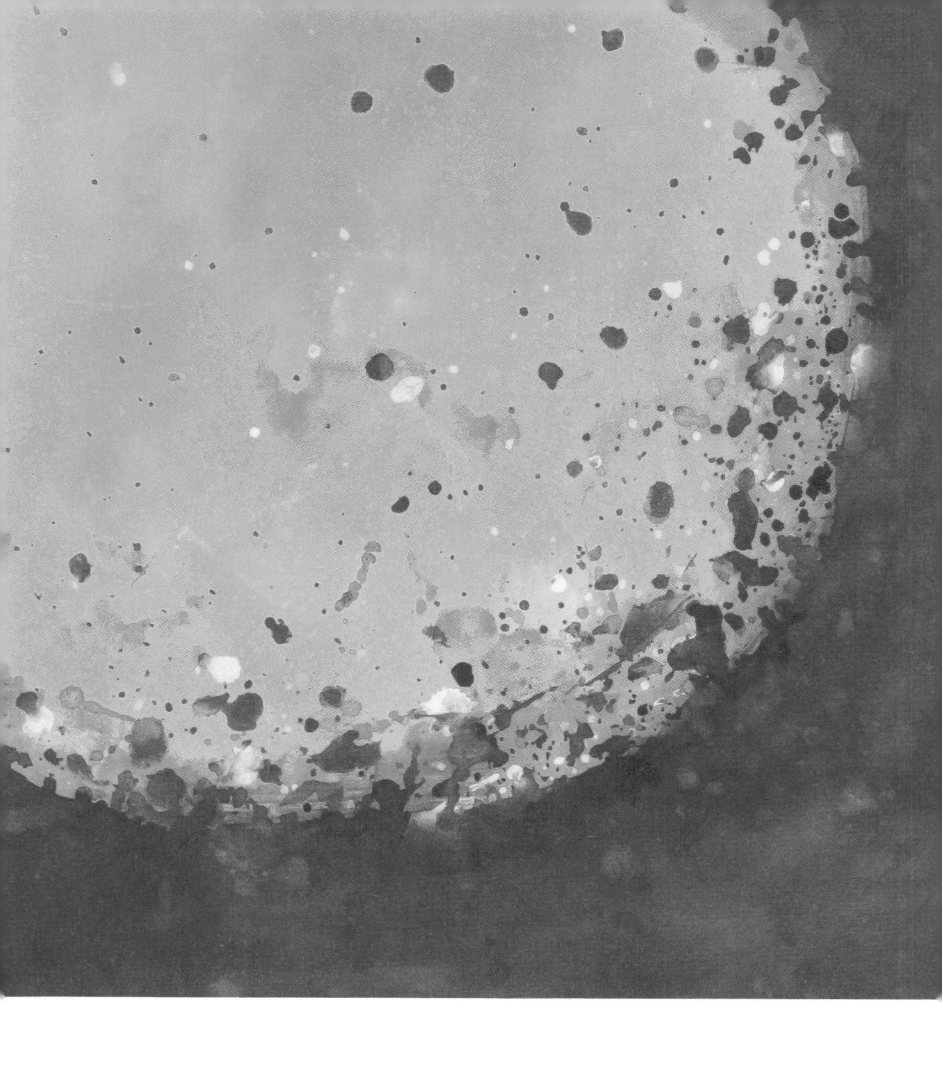

귀뚜라미와 나와

귀뚜라미와 나와
잔디밭에서 이야기했다
귀뚤귀뚤
귀뚤귀뚤
아무에게도 아르켜주지 말고
우리 둘만 알자고 약속했다.
귀뚤귀뚤
귀뚤귀뚤
귀뚜라미와 나와
달 밝은 밤에 이야기했다.

눈

눈이 새하얗게 와서
눈이 새물새물하오

사과

붉은사과
한개를
아버지,
어머니,
누나,
나
넷이서
껍질채로
송치까지
다--논나
먹었소

2.

시대처럼 올 아침

서시

죽는 날까지 하늘을 우러러
한 점 부끄럼이 없기를,
잎새에 이는 바람에도
나는 괴로워했다.
별을 노래하는 마음으로
모든 죽어가는 것을 사랑해야지
그리고 나한테 주어진 길을
걸어가야겠다.
오늘 밤에도 별이 바람에
스치운다.

쉽게 쓰여진 시

창밖에 밤비가 속살거려
육첩방은 남의 나라
시인이란 슬픈 천명인줄 알면서도
한 줄 시를 적어볼까
땀내와 사랑내 포근히 품긴
보내주신 학비봉투를 받아
대학노트를 끼고
늙은 교수의 강의를 들으러 간다
생각해 보면 어린때 동무를
하나, 둘 죄다 잃어버리고
나는 무얼 바라
나는 다만, 홀로 침전하는 것일까?
인생은 살기 어렵다는데
시가 이렇게 쉽게 쓰여지는 것은
부끄러운 일이다
육첩방은 남의 나라
창밖에 밤비가 속살거리는데
등불을 밝혀 어둠을 조금 내몰고
시대처럼 올 아침을 기다리는 최후의 나,
나는 나에게 작은 손을 내밀어
눈물과 위안으로 잡는 최초의 악수

거짓부리

똑, 똑, 똑
문 좀 열어 주세요
하룻밤 자고 갑시다
밤은 깊고 날은 추운데
거 누굴까?
문 열어 주고 보니
검둥이의 꼬리가
거짓부리 한 걸.
꼬기요 꼬기요
달걀 낳았다
간난아 어서
집어 가거라
간난이 뛰어가 보니
달걀은 무슨 달걀,
고놈의 암탉이
대낮에 새빨간
거짓부리 한 걸.

LOSER

빨래

빨랫줄에 두 다리를 드리우고
흰 빨래들이 귓속말하는 오후
쨍쨍한 칠월 햇발은 고요히도
아담한 빨래에만 달린다

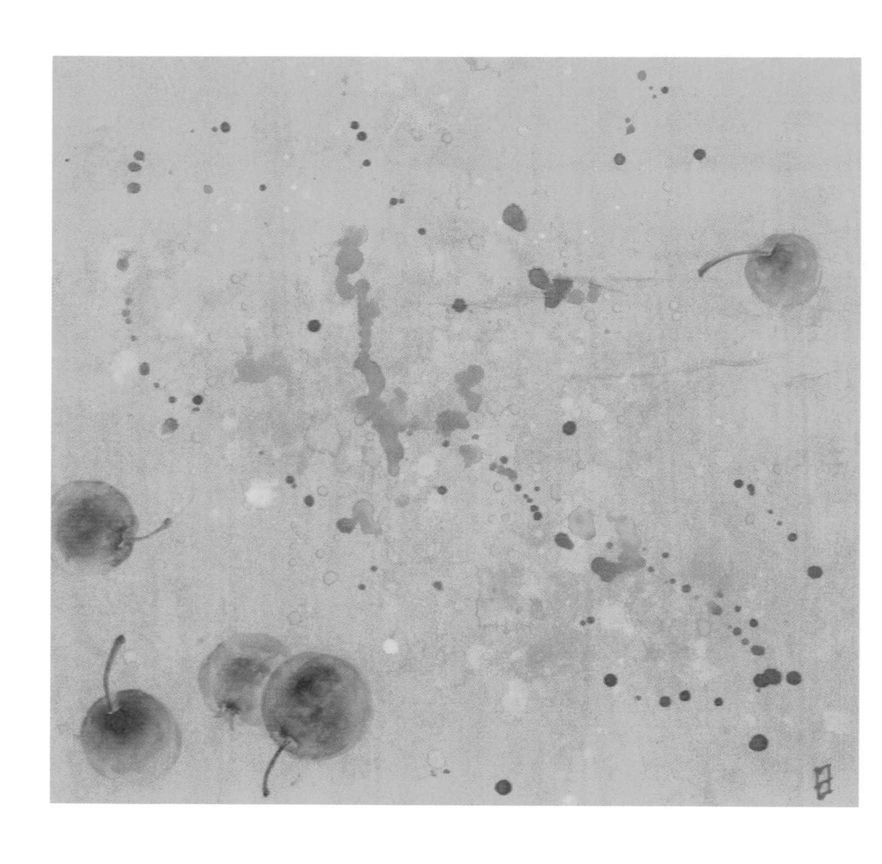

태초의 아침

봄날 아침도 아니고
여름, 가을, 겨울
그런 날 아침도 아닌 아침에
빨-간 꽃이 피어났네,
햇빛이 푸른데,
그 전날 밤에
그 전날 밤에
모든 것이 마련되었네,
사랑은 뱀과 함께
독은 어린 꽃과 함께

호주머니

넣을 것 없어
걱정이던 호주머니는

겨울만 되면
주먹 두 개 갑북갑북

공상

내 마음의 탑
나는 말없이 이 탑을 쌓고 있다
명예와 허영의 천공에다
무너질 줄도 모르고
한층 두층 높이 쌓는다
무한한 나의 공상
그것은 내 마음의 바다
나는 두 팔을 펼쳐서
나의 바다에서
자유로이 헤엄친다
황금, 지욕의 수평선을 향하여

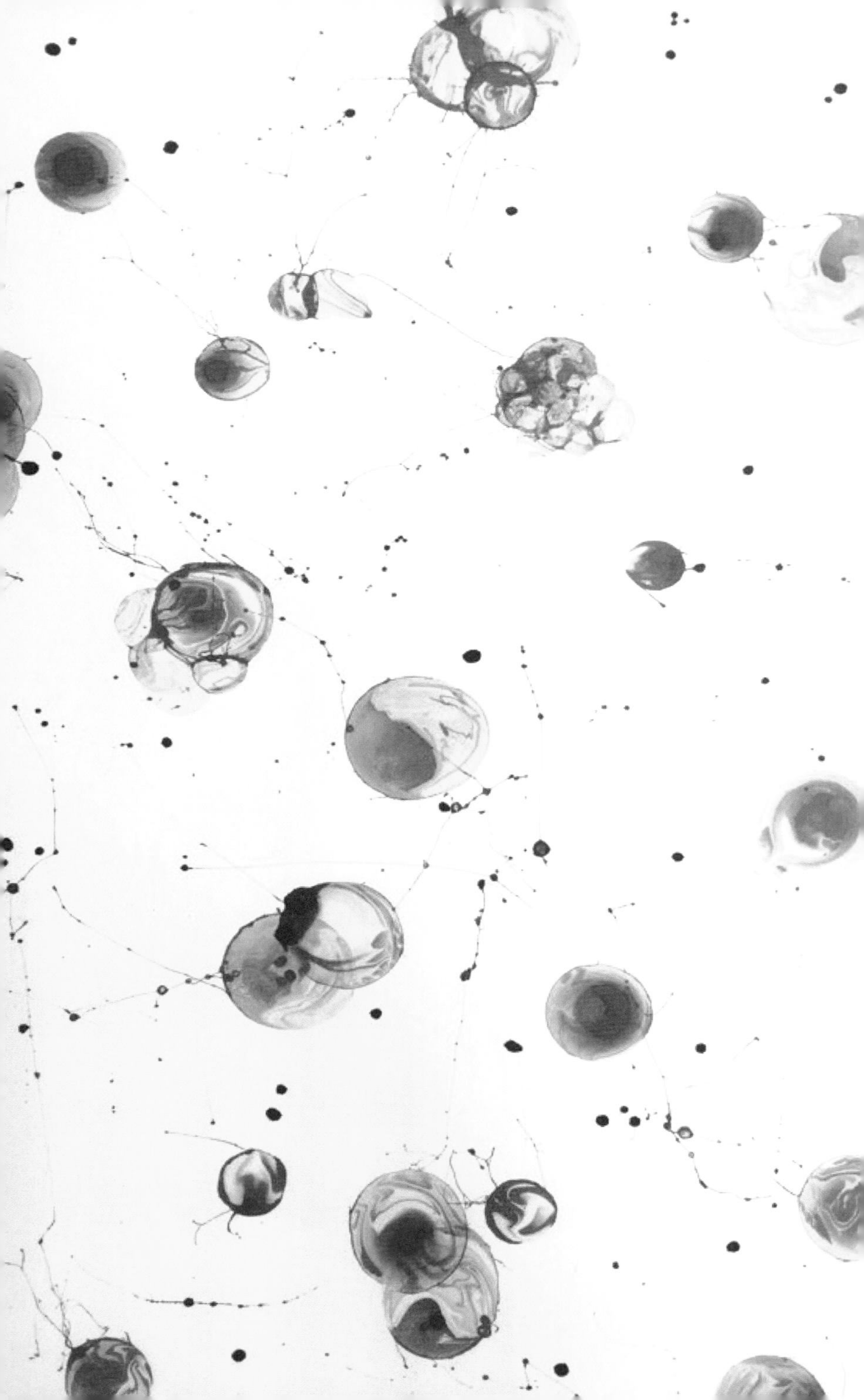

겨울

처마 밑에
시래기 다래미
바삭바삭
추워요

길바닥에
말똥 동그래미
달랑달랑
얼어요

둘
다

바다도 푸르고
하늘도 푸르고
바다도 끝없고
하늘도 끝없고
바다에 돌 던지고
하늘에 침 뱉고
바다는 벙글
하늘은 징장

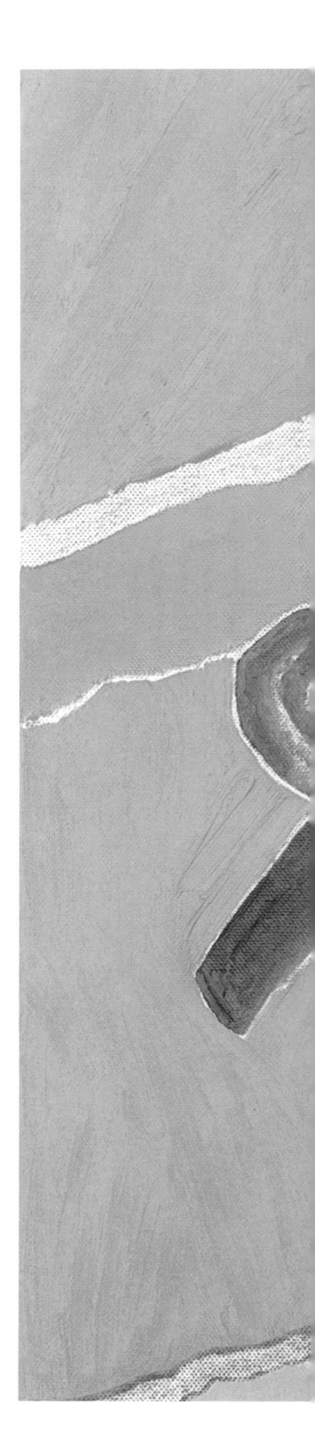

승욱

길

잃은 것을 찾는 까닭입니다.

내가 사는 것은, 다만,

담 저쪽에 내가 남아 있는 까닭이고,

풀 한 포기 없는 이 길을 걷는 것은

쳐다보면 하늘은 부끄럽게 푸릅니다.

돌담을 더듬어 눈물짓다

저녁에서 아침으로 통했습니다.

길은 아침에서 저녁으로

길 위에 긴 그림자를 드리우고

담은 쇠문을 굳게 닫아

길은 돌담을 끼고 갑니다.

돌과 돌과 돌이 끝없이 연달아

길에 나아갑니다.

두 손이 주머니를 더듬어

무얼 어디다 잃었는지 몰라

잃어버렸습니다.

눈 감고 간다

태양을 사모하는 아이들아
별을 사랑하는 아이들아
밤이 어두웠는데
눈감고 가거라
가진바 씨앗을
뿌리면서 가거라
발뿌리에 돌이 채이거든
감았던 눈을 와짝 떠라

황혼

햇살은 미닫이 틈으로
길쭉한 일(一)자를 쓰고……지우고……
까마귀떼 지붕 위로
둘, 둘, 셋, 넷, 자꾸 날아 지난다
쑥쑥, 꿈틀꿈틀 북쪽 하늘로
내사……
북쪽 하늘에 나래를 펴고 싶다

못 자는 밤

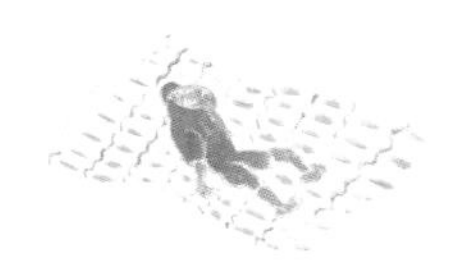

하나, 둘, 셋, 넷,

·
·
·
·
·

밤은

많기도 하다

반딧불

가자 가자 가자
숲으로 가자
달 조각을 주우러
숲으로 가자

그믐밤 반딧불은
부서진 달 조각

가자 가자 가자
숲으로 가자
달 조각을 주우러
숲으로 가자

비둘기

안아보고 싶게 귀여운
산비둘기 일곱 마리
하늘 끝까지 보일 듯이 맑은 공일날 아침에
벼를 거두어 빤빤한 논에
앞을 다투어 모이를 주으며
어려운 이야기를 주고받으오

날씬한 두 나래로 조용한 공기를 흔들어
두 마리가 나오
집에 새끼 생각이 나는 모양이오

햇비

아씨처럼 나린다
보슬보슬 햇비
맞아주자 다 같이
옥수숫대처럼 크게
닷자 엿자 자라게
햇님이 웃는다
나보고 웃는다

하늘다리 놓였다
알롱달롱 무지개
노래하자 즐겁게
동무들아 이리 오나
다 같이 춤추자
햇님이 웃는다
즐거워 웃는다

바다

실어다 뿌리는
바람조차 시원타.
솔나무 가지마다 새침히
고개를 돌리어 삐들어지고,
밀치고 밀치운다.
이랑을 넘는 물결은
폭포처럼 피어오른다.
해변에 아이들이 모인다
찰찰 손을 씻고 구보로,
바다는 자꾸 섧어진다.
갈매기의 노래에……
돌아다 보고 돌아다 보고
돌아가는 오늘의 바다여!

가
슴
1

소리없는 북
답답하면 주먹으로
뚜디리 보오
그래바도
흐—
가아는 한숨보다 못하오

그 여자

함께 핀 꽃에
처음 익은 능금은
먼저 떨어졌습니다.
오늘도 가을바람은
그냥 붑니다.
길가에 떨어진
붉은 능금은
지나는 손님이
집어갔습니다.

창 구멍

바람부는새벽에장터가시는
우리아빠뒷자취보고싶어서
침을발라뚫어논작은창구멍
아롱아롱아침해비치웁니다
눈내리는저녁에나무팔러간
우리아빠오시나기다리다가
혀끝으로뚫어논작은창구멍
살랑살랑찬바람날아듭니다

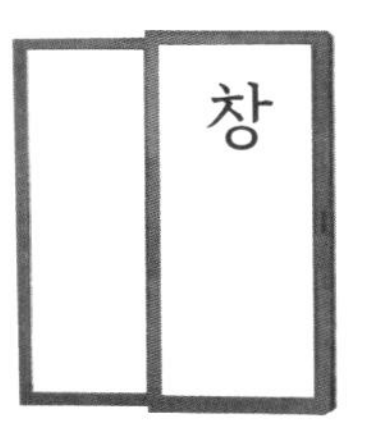

쉬는 시간마다
나는 창녘으로 갑니다
창을 산가르침
이글이글 불을 피워주소
이방에 찬것이 서럽니다
단풍잎 하나 맘도나 보니
아마도 자그마한 선풍이인게입니다
그래도 싸느란 유리창에
햇살이 쨍쨍한 무릅
상학동이 울어만 싶습니다

눈

지난밤에
눈이 소복이 왔네
지붕이랑
길이랑 밭이랑
추워한다고
덮어주는 이불인가봐
그러기에
추운 겨울에만 내리지

왜 떡이 쓴데도
자꾸 달다고 해요

오줌싸개 지도

빨래줄에 걸어논
요에다 그린 지도
지난밤에 내 동생
오줌 싸 그린 지도
꿈에 가 본 엄마 계신
별나라 지돈가?
돈 벌러 간 아빠 계신
만주땅 지돈가?

해바라기 얼굴

누나의 얼굴은
해바라기 얼굴
해가 금방 뜨자
일터에 간다
해바라기 얼굴은
누나의 얼굴
얼굴이 숙어들어
집으로 온다

3.

오래 마음 깊은 속에

흰 그림자

황혼이 짙어지는 길모금에서
하루종일 시들은 귀를 가만히 기울이면
땅거미 옮겨지는 발자취 소리,
발자취 소리를 들을수 있도록
나는 총명했던가요.
이제 어리석게도 모든것을 깨달은다음
오래마음깊은속에
괴로워하던 수많은 나를
하나, 둘 제고장으로 돌려보내면
거리모퉁이 어둠속으로
소리없이 사라지는 흰그림자,
흰 그림자들
연연히 사랑하던 흰그림자들,
내 모든것을 돌려보낸뒤
허전히 뒷골목을 돌아
황혼처럼 물드는 내방으로 돌아오면
신념이 깊은 의젓한 양처럼
하루종일 시름없이 풀포기나 뜯자.

편지

누나!
이 겨울에도
눈이 가득히 왔습니다.
흰 봉투에
눈을 한 줌 넣고
글씨도 쓰지 말고
우표도 붙이지 말고
말쑥하게 그대로
편지를 부칠까요?
누나 가신 나라엔
눈이 아니 온다기에.

아우의 인상화

붉은 이마에 싸늘한 달이 서리어
아우의 얼굴은 슬픈 그림이다.

발걸음을 멈추어
살그머니 애띤 손을 잡으며
"너는 자라 무엇이 되려니"
"사람이 되지"
아우의 설운 진정코 설운 대답이다.

슬며시 잡았던 손을 놓고
아우의 얼굴을 다시 들여다본다.

싸늘한 달이 붉은 이마에 젖어
아우의 얼굴은 슬픈 그림이다.

참새

가을 지난 마당은 하이얀 종이
참새들이 글씨를 공부하지요
짹짹 입으론 받아 읽으며
두 발로는 글씨를 연습하지요
하루 종일 글씨를 공부하여도
짹 자 한 자밖에는 더 못 쓰는걸

팔복

마태복음 5장 3-12절

슬퍼하는 자는 복이 있나니
슬퍼하는 자는 복이 있나니
슬퍼하는 자는 복이 있나니
슬퍼하는 자는 복이 있나니
슬퍼하는 자는 복이 있나니
슬퍼하는 자는 복이 있나니
슬퍼하는 자는 복이 있나니
슬퍼하는 자는 복이 있나니

저희가 영원히 슬플 것이오

무얼 먹고 사나

바닷가 사람
물고기 잡아 먹고 살고
산골엣 사람
감자 구워 먹고 살고
별나라 사람
무얼 먹고 사나

돌아와 보는 밤

세상으로부터 돌아오듯이 이제 내 좁은 방에 돌아와
불을 끄옵니다. 불을 켜두는 것은 너무나 피로롭은
일이옵니다. 그것은 낮의 연장이옵기에—
이제 창을 열어 공기를 바꾸어 들여야 할텐데
밖을 가만히 내다보아야 방안과 같이 어두워 꼭
세상 같은데 비를 맞고 오든 길이 그대로 빗속에
젖어있사옵니다.
하루의 울분을 씻을바 없어 가만히 눈을 감으면
마음속으로 흐르는 소리, 이제 사상이 능금처럼
저절로 익어가옵니다.

바람이 불어

바람이 어디로부터 불어와
어디로 불려가는 것일까
바람이 부는데
내 괴로움에는 理由가 없다
내 괴로움에는 이유가 없을까
단 한 女子를 사랑한 일도 없다
時代를 슬퍼한 일도 없다
바람이 자꾸 부는데
내 발이 반석 위에 섰다
강물이 자꾸 흐르는데
내 발이 언덕 위에 섰다

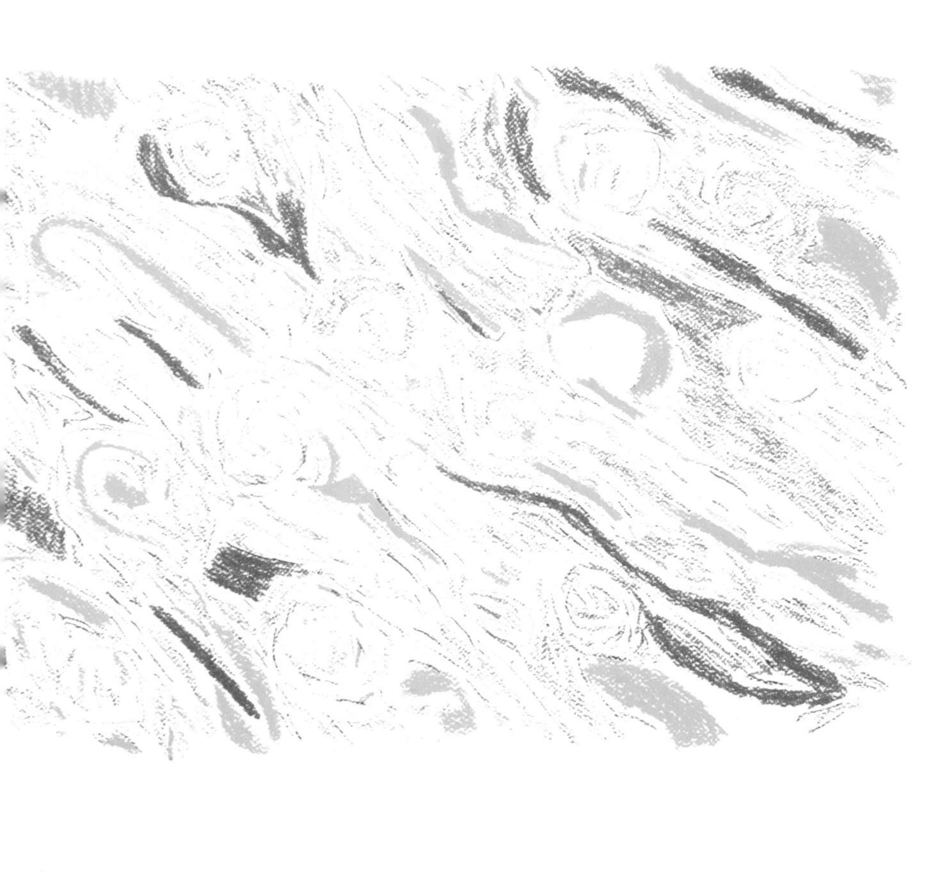

십자가

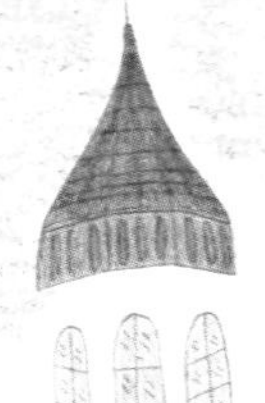

쫓아오던 햇빛인데
지금 교회당 꼭대기
십자가에 걸리었습니다.
첨탑이 저렇게도 높은데
어떻게 올라갈 수 있을까요.
종소리도 들려오지 않는데
휘파람이나 불며 서성이다가,
괴로웠던 사나이,
행복한 예수 그리스도에게처럼
십자가가 허락된다면
모가지를 드리우고
꽃처럼 피어나는 피를
어두워가는 하늘 밑에
조용히 흘리겠습니다.

윤동주 연보

1917.12.30. 만주 간도성 화룡현 명동촌에서 아버지 윤영석과 어머니 김용의 맏아들로 태어났다. 아명 해환(海煥).

1925.4.4. 명동 소학교에 입학. 같은 학년에 고종사촌 송몽규, 당숙 윤영선, 외사촌 김정우, 문익환 등이 있었다.

1927. 명동소학교 5학년 때에 급우들과 함께 《새 명동》이라는 등사 잡지를 만든다.

1931.3.15. 명동소학교 졸업. 학교에서 졸업생 열네 명에게 김동환 시집 『국경의 밤』을 선물한다. 명동소학교 졸업 후 송몽규, 김정우와 함께 명동에서 조금 떨어진 곳에 있는 중국인 소학교 화룡 헌립 제일소학교 고등과에 편입하여 1년간 수학한다.

1932.4. 용정의 기독교 학교인 은진중학교에 송몽규, 문익환과 함께 입학. 명동에서 20리 정도 떨어진 이곳으로 통학하는 윤동주를 위해 가족 모두가 용정으로 이사한다.

1934.12.24. 「초 한 대」, 「삶과 죽음」, 「내일은 없다」 등 세 편의 시를 썼다. 이는 오늘날 찾아볼 수 있는 윤동주 최초의 작품이며, 이때부터 시 작품에 시작(詩作)날짜를 기록하고 있다.

1935.9.1. 은진중학교 4학년 1학기를 마치고 평양 숭실중학교 3학년 2학기로 편입한다.

1935.10. 숭실학교 YMCA문예부에서 내던《숭실활천》제15호에「공상」이 실려 그의 시가 처음으로 활자화된다.

1936.3. 숭실학교에 대한 신사참배 강요에 항의하여 자퇴하고 고향 용정으로 돌아와 5년제인 광명학원 중학부 5학년에 편입한다.

1936.11.-12. 간도 연길에서 발행되던《카톨릭 소년》에 동시「병아리(11월호)」와「빗자루(12월호)」를 윤동주(尹東柱)란 이름으로 발표한다.

1937. 《카톨릭 소년》에 동시「오줌싸개 지도(1월호)」,「무얼 먹고 사나(3월호)」,「거짓부리(10월호)」를 발표한다.

1937.8. 100부 한정판으로 발행된『백석 시집 : 사슴』을 구할 길이 없자 필사하여 소장한다.

1937.9. 진로 문제로 문학을 희망하는 윤동주와 의학을 선택하라는 아버지 윤영석이 갈등하나, 할아버지 윤하연의 권유로 아버지가 양보하여 문학에 진학하기로 한다.『영랑시집』을 정독한다.

1938.2.17. 광명중학교 5학년 졸업.

1938.4.9. 서울 연희전문학교 문과 입학, 기숙사 생활을 시작한다. 같은 해 송몽규도 윤동주와 함께 연희전문학교에 입학한다. 외솔 최현배 선생에게 조선어를 배우고 이양하 교수에게 영시를 배운다.

1939. 조선일보 학생란에 산문「달을 쏘다(1.23.)」, 시「유언(2.6.)」,「아우의 인상화(10.17.)」를 윤동주(尹東柱)와 윤주(尹柱)라는 이름으로 발표한다.

1939.3. 동시 「산울림」을 《소년》 3월호에 윤동주(尹東柱)란 이름으로 발표한다. 새로 연희전문에 입학한 하동 학생 정병욱(1922-1982)을 알게 되어 친해지고, 정병욱과 함께 이화여전 구내 협성교회에 다니며 영어 성서반에 참석한다. 이 무렵 릴케, 발레리, 지드 같은 작가들의 작품을 탐독하며, 프랑스어를 독습한다.

1941.5. 정병욱과 함께 기숙사에서 나와 종로구 누상동 9번지의 소설가 김송의 집에서 하숙하기 시작한다.

1941.6.5. 연희전문학교 문과에서 발행하는 《문우(文友)》지에 「우물 속의 자상화」, 「새로운 길」을 발표한다.

1941.9. 요시찰인 김송과 학생들에 대한 일본 경찰의 주목이 심하여 그곳을 나와 북아현동의 전문적인 하숙집으로 들어간다. 서정주의 『화사집』을 즐겨 읽는다.

1941.12.27. 전시 학제 단축으로 3개월 앞당겨 연희전문학교 4학년 졸업. 졸업 기념으로 열아홉 편의 작품을 모아 자선시집(自選詩集) 『하늘과 바람과 별과 시』를 77부 한정판으로 출간하려 했으나 당시 흉흉한 세상을 걱정한 주변인들의 만류로 뜻을 이루지 못한다. 시집을 세 부 작성하여 한 부는 자신이 가지고, 이양하 선생과 정병욱에게 한 부씩 증정한다. 본래 이 자선시집의 제목은 『병원』이었으나 「서시(序詩)」를 쓴 후 바꾸었다. '병원'은 병든 사회를 치유한다는 상징적인 의미였다. 도일 수속을 위해 성씨를 '히라누마'라고 창씨개명 한다.

1942.1.24. 고국에서 마지막 작품이 된 시 「참회록」을 쓴다.

1942.4.2. 도쿄 릿쿄(立教)대학 문학부 영문과 선과에 입학하고, 송몽규는 교토제국대학 서양사학과에 입학한다.

1942.4.-6. 「쉽게 쓰여진 시」 등 이때 쓴 시 다섯 편을 서울의 친구에게 보낸다.

1942.4.6. 오늘날 볼 수 있는 윤동주의 마지막 작품이다. 여름방학에 마지막으로 고향에 가서 동생들에게 "우리말 인쇄물이 앞으로 사라질 것이니 무엇이나 악보까지라도 사서 모으라"고 당부한다.

1942.10.1. 교토 도시샤(同志社)대학 영문학과 선과에 편입한다.

1943.7.10. 송몽규가 교토 시모가모 경찰서에 독립운동 협의로 검거된다.

1943.7.14. 고향에 가려고 준비하던 윤동주도 송몽규와 같은 혐의로 검거되고 책과 작품, 일기가 압수된다. 당숙 윤영춘이 교토로 윤동주를 면회하러 가서 윤동주가 일본 형사와 대좌하여 우리말 작품과 일기를 일어로 번역하고 있는 것을 목격한다.

1944.3.31. 교토 지방재판소에서 '독립운동' 죄목으로 2년형을 언도 받았다.

1944.4.13. 송몽규 역시 같은 죄목으로 2년형 언도 받고 윤동주와 송몽규는 이후 큐슈 후쿠오카 형무소에 수감되었다.

1945.2.16. 큐슈 후쿠오카 형무소에서 사망했다.

1945.3.6. 유해는 화장하여 고향으로 모셔와 3월 6일 용정의 동산 교회 묘지에 묻혔다. 장례식에서는《문우》지에 발표되었던 「우물 속의 자상화」와 「새로운 길」이 낭독되었다.

시그널 소속 작가 & 작품명

※ 작품명 · 화가 · 작품 내역 순서로 정리했습니다.

13쪽 • 새로운 길 ___ 김범진, 115×90cm, 캔버스에 유채
14쪽 • 어린왕자의 별에 가다 ___ 김범진, 53×47cm, 캔버스에 유채
18쪽 • 좋은 날 ___ 김준형, 35×27cm, 종이 위에 수채
20쪽 • 바람의 노래 ___ 정은희, 149×90cm, 캔버스에 유채
22쪽 • 왜 날잖아요 ___ 김준형, 28×21cm, 종이 위에 수채
25쪽 • 바닷가에서 ___ 김범진, 115×87cm, 한지 위에 펜
26쪽 • 나무 ___ 김희상, 52×43cm, 캔버스에 아크릴
28쪽 • 제비 ___ 김희상, 32×25cm, 캔버스에 아크릴
31쪽 • 기도 ___ 김범진, 72×91cm, 장지에 복합재료
32쪽 • 달밤 ___ 박찬희, 33×33cm, 한지 위에 안료채색
34쪽 • 눈이 좋아 ___ 김희상, 53×47cm, 광목에 아크릴
37쪽 • 가족 ___ 김성민 25×18cm, 종이에 아크릴
40쪽 • 희생 ___ 한승욱, 72.7×53cm, 판넬 위에 유채
42쪽 • 비로 만든 집 ___ 이재연, 52×47.2cm, 캔버스에 유채
45쪽 • 닭 ___ 김나영, 60×30cm, 한지 위에 안료채색
46쪽 • 나른한 오후 ___ 김나영, 15×20cm, 종이에 펜
48쪽 • 능금 ___ 박찬희, 33×33cm, 한지에 안료채색
51쪽 • 같이 갈래? ___ 김준형, 28×21cm, 종이 위에 수채
52쪽 • 바람이 분다 ___ 정은희, 116.9×91cm, 캔버스에 유채
54쪽 • 무제 ___ 김수현, 33×25cm, 한지 위에 먹

57쪽 • 소중한 마음 3부작 중-바람 __ 한승욱, 53×41cm, 캔버스에 유채

58쪽 • 겨울나무 __ 이지형, 91×72.7cm, 캔버스에 아크릴

61쪽 • 태양의 아이들 __ 김우진, 26×19cm, 캔버스에 아크릴

63쪽 • 환상열차 __ 허겸, 70×60cm, 캔버스에 아크릴

64쪽 • 니코로빈 __ 한승욱, 38.5×52.5cm, 종이 위에 유채

67쪽 • 우리들만의 파티 __ 김범진, 73×60cm, 캔버스에 유채

69쪽 • 비둘기 __ 김나영, 40×33cm, 종이 위에 수채화

70쪽 • 너를 위해 __ 김범진, 116×92cm, 판넬 위에 유채

72쪽 • 바람의 집 __ 한승욱 145×97cm, 캔버스에 유채

75쪽 • 선물 __ 김범진, 79×91cm, 캔버스에 유채

77쪽 • 연애와 예술 __ 한승욱, 91×65.2cm, 캔버스에 유채

79쪽 • 오뚝이 아이들 __ 이재림, 50×50cm, 한지에 안료

80쪽 • 빛 __ 허겸, 70×60cm, 캔버스에 아크릴

82쪽 • 이불 __ 김준형, 21×13cm, 목판 위에 아크릴

84쪽 • WHY __ 문진경, 28×21cm, 종이 위에 연필

87쪽 • 모텔우울 __ 한승욱, 91×72cm, 캔버스에 아크릴

89쪽 • 엄마에게 __ 윤주혜, 52×43cm, 판넬 위에 아크릴

92쪽 • COLOR OF MIND __ 정은희, 149×90cm, 캔버스에 유채

95쪽 • IN SNOW BOLL __ 강은주, 71×50cm, 한지 위에 안료

97쪽 • 아우의 인상화 __ 박찬희, 33×33cm, 한지 위에 안료

98쪽 • 나무 위에 집 __ 이형우, 26×19cm, 종이 위에 수채

101쪽 • 오뚝이 할망 __ 이재림, 60×90cm, 한지 위에 안료

102쪽 • 좋은 꿈 __ 김나영, 53×47cm, 캔버스에 아크릴

104쪽 • 돌아와 보는 밤 __ 김범진, 28×21cm, 종이 위에 펜

107쪽 • 아름다운 노래 __ 한승욱, 52.5×38.5cm, 종이 위에 연필

108쪽 • 예배당 __ 김범진, 17×12cm, 종이 위에 색연필

새로운 길

1판 1쇄 인쇄 2018년 2월 12일
1판 2쇄 발행 2018년 3월 28일

지은이 윤동주 **글씨** 박서영 **그림** 시그널
펴낸이 김영곤
펴낸곳 아르테

문학사업본부 본부장 원미선
문학기획팀 팀장 이승희
책임편집 김지영
문학마케팅팀 정유선 임동렬 김주희 조윤선
문학영업팀 권장규 오서영
홍보팀장 이혜연 **제작팀장** 이영민 **제휴팀장** 류승은

출판등록 2000년 5월 6일 제406-2003-061호
주소 (우 10881) 경기도 파주시 회동길 201(문발동)
대표전화 031-955-2100 **팩스** 031-955-2151

ISBN 978-89-509-7361-2 03810
아르테는 (주)북이십일의 새로운 문학 브랜드입니다.

(주)북이십일 경계를 허무는 콘텐츠 리더

아르테 채널에서 도서 정보와 다양한 영상자료, 이벤트를 만나세요!
네이버오디오클립/ 팟캐스트 [클래식클라우드]김태훈의 책보다 여행
페이스북 facebook.com/21arte 블로그 arte.kro.kr
인스타그램 instagram.com/21_arte 홈페이지 arte.book21.com